Réveille-toi, princesse!

Leah Wilcox

ILLUSTRATIONS DE
Lydia Monks

D1416530

Texte français d'Hélène Pilotto

Éditions
SCHOLASTI

Catalogage avant publication de Bibliothèque et Archives Canada

Wilcox, Leah

Réveille-toi, princesse! / Leah Wilcox ; illustrations de Lydia Monks ;
texte français d'Hélène Pilotto.

Traduction de: Waking beauty.

Pour les 4-8 ans.

ISBN 978-1-4431-0142-4

I. Monks, Lydia II. Pilotto, Hélène III. Titre.

PZ23.W536Ré 2010   j813'.6   C2009-906076-0

Pour toute information concernant les droits, s'adresser à G.P. Putnam's Sons, une division
de Penguin Young Readers Group, membre de Penguin Group (USA) Inc.,
345 Hudson Street, New York, NY 10014, É.-U.

Édition publiée par les Éditions Scholastic, 604, rue King Ouest, Toronto
(Ontario) M5V 1E1, avec la permission de G.P. Putnam's Sons.

5 4 3 2 1   Imprimé au Canada   119   10 11 12 13 14

Conception graphique de Marikka Tamura
Le texte est composé avec la police de caractères Greco Negra.

À mes ravissantes filles. Chandler. Shaelia et Adrienne.
qui sont aussi belles à l'intérieur qu'à l'extérieur.
et à mon fils Chase. un garçon vaillant. charmant et parfois inquiétant.
qui tient bon au milieu de toutes ces filles.
— L. W.

Par un beau samedi d'été,
un prince en quête de dragons à tuer
entendit un grondement fort et lourd
qui fit trembler le sol partout aux alentours.

Le bruit venait de la grande tour d'un château.
Le prince charmant s'y rua et l'escalada aussitôt.

— Attention, dragon, tiens-toi bien!
cria-t-il en entrant, épée à la main.

Il secoua tristement la tête.
— Zut alors! Ce n'est qu'une fille
qui ronfle à tue-tête.

Il regarda sous le baldaquin tout en soie
et y découvrit une fée, puis deux, puis trois.

— Elle ronfle ainsi depuis cent ans,
lancèrent les fées en pleurnichant.

— Cent ans? répéta le prince. C'est drôlement long!
Enfin, qu'attendez-vous? Réveillez-la, voyons!

— Gros bêta! s'offusquèrent les fées.
Seul un prince a le pouvoir de la réveiller.
Nous nous réjouissons de vous voir.
Allez! Réveillez-la! Faites votre devoir!

– Si vous insistez... répondit le prince avec politesse.
Il entrouvrit la bouche et se pencha vers la princesse.

— DEBOUT, PARESSEUSE! beugla le prince charmant.
La Belle ronfla de plus belle. Les fées poussèrent un grognement.

— Pas comme ça! crièrent-elles d'une voix scandalisée.
Vous devez la réveiller en lui donnant un...

— Hé! Je sais! lança le prince, la mine réjouie.
Et il se mit à sauter à pieds joints sur le lit.

Jupons et froufrous retroussés, la Belle fut projetée en l'air.
Puis elle redescendit, sa robe tel un parachute ouvert.

Sa pirouette ne suffit pas à lui faire ouvrir les yeux,
mais épousseta les toiles d'araignées de ses cheveux.

Les fées se mirent à soupirer, l'air désespéré.
— Elle ne s'éveillera que si vous lui donnez un vrai...

— Attendez! coupa le prince en levant une main autoritaire. Je crois que je sais exactement ce qu'il faut faire.

Il s'approcha de la princesse ronflante
et lui versa en plein visage un pichet
d'eau rafraîchissante.

La princesse dormait toujours, elle ne bougeait pas du tou
Partout sur elle, la poussière s'était changée en boue.

Les fées saisirent bien fort le prince par les oreilles,
et lui soufflèrent ce précieux conseil.

— Pour réussir, prince, il vous faut bien viser.
Vous devez la réveiller avec un doux...

— Ooooh! Je crois avoir deviné votre intention, déclara le prince en apercevant un gros canon.

Il y glissa le corps de la Belle...

et l'envoya encore faire un tour dans le ciel.

Boum!

Elle tomba dans les douves remplies d'eau,
mais grâce à ses froufrous,
elle resta à flot.

Immobile, la princesse continua à ronfler rondement
si bien que truites et crocodiles s'enfuirent rapidement.

Le prince charmant repêcha la Belle avec un grand filet.

— ASSEZ, hurlèrent les fées, ÇA SUFFIT,
MONSIEUR SIMPLET!

Elles tournèrent autour de lui
en un vol frénétique.
— Comment pouvez-vous être
si peu romantique?
La pauvre ne pourra pas
être heureuse pour l'éternité
tant que vous ne lui aurez pas
donné un...

Les genoux du prince se mirent à trembler
et les battements de son noble cœur à s'accélérer.

— Quelle haleine elle doit avoir! Voilà cent ans qu'elle dort.
Ce baiser pourrait bien être... le baiser de la mort!

Hésitant, il toucha ses cheveux emmêlés et boueux.
— On dit que les filles sont pleines de microbes dangereux.

Il essuya la bouche de la Belle avec un pan de sa veste.
— Pourvu que ça ne fasse pas mal, gémit-il, l'air funeste.

SMAC!

Il déposa un baiser
sur ses lèvres de velours
et la Belle, ensommeillée,
l'embrassa en retour.

— Pas mal, dit le prince souriant, d'un ton ravi.
La princesse s'éveilla et s'assit dans son lit.

Elle s'étira, bâilla et se frotta doucement les yeux.
Puis elle s'écria, sans faire ni une ni deux...

— Mais qui vous a permis? Comment osez-vous m'embrasser?
Elle prit son élan et lui donna une gifle bien appuyée!

Le pauvre prince tituba, tomba à la renverse,
puis s'endormit sur les genoux de la princesse.

La Belle poussa un grognement et se mit à le secouer.
— Mesdames les fées, dites-moi comment le réveiller!

— Laissez plutôt dormir ce pauvre homme,
dirent-elles en bâillant, avant d'aller
faire un somme.

C'était une fin bien banale pour un conte de fées.
Alors, la Belle se pencha vers le prince et l'éveilla d'un...

BAISER!

the
quickgrill
artist